JN208146

歌集

月は綺麗で死んでもいいわ

SHUN

新潮社

目次

I 安いボート

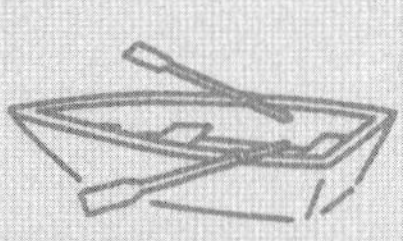

オレンジに染まる団地に誘われた六歳の夏「おしっこ見せて」

脳みそを飲み込むような低音が小さな耳の自由を奪う

手を繋ぎ震える僕とすれ違う八百屋帰りのどっかの家族

だんだんとヒトが減りゆく坂道で心拍数を追い越す体

玄関の隅に投げられサンダルは　あーした　てんきに　なれない　ピッピ

ニンゲンに肉を撫でられ揺さぶられ黒塗りになる視界と未来

「おちんちん早く」と掠れたる声でねだるこいつがニンゲンなんだ

電球の下に集まる三匹の小蝿見ており肌吸われつつ

仏壇に供えてあった果物が歯形を残しこちらを見てる

ニンゲンが煙草を吸っている隙にもつれる足でピッピを履いた

ピッピッピ胸がくるしいピッピッピ片足脱げてしまったピッピ

ただいまと鳩に向かって練習し顔を叩いてお家へ帰る

15

おかえりと言われる前にただいまを僕は言えたよ言えたよ僕は

お風呂場でがしがし皮膚を毟りとる痛みで今を忘れるように
味噌汁にいつもの湯気が立ち上り水滴一つテーブルに落つ

マイマイを木槌で潰した友理ちゃんと十二年後にピンサロで会う

一月のコンクリートに蘇る体の記憶、伸びていた影

最終話の次のページを捲るごと君は下着をレイジーに脱ぐ

檸檬香る白いベッドの隙間から少し見えてる赤子の玩具

名器だと自ら語るほら穴へ安いボートでゆっくり入る

睾丸が吸い込まれゆく春の日に逆さまに見るメロンの裂け目

紫陽花のような右手で注がれる無色のぬるい発泡ワイン

挽肉と卵が香る掌で捏ねられすべて曖昧になる

凡庸に軋みやまざるベッドにて翻訳される誰かの台詞

細切れの雲のようなる返事して安いスーツに拳を通す

目玉焼き命まるごと焼いてからお腹辺りをナイフで裂こう

かたくなるハンバーグという食べ物は僕とおんなじ肉の塊

新品のここに属さぬ歯ブラシに塗る苺味の歯磨き粉

向日葵を窓の結露で描いたら白い背中に終わりゆく夏

さようなら体の記憶またいつか逢おうねずっと子供でいてね

II

神などいない新宿通り

「ヌードモデルやってみないか？」十八歳、汚れた皮膚を光で洗う

青春の青いとこだけ捥ぎ取ってだあれもいない列車に乗った

バスローブが散乱したるメイク室まぶたのふちに描く黒線
撮りながらイエスイエスという人は裸になってカメラを置いた

全身に紅を塗られて屋上へ、遠くに見える警察車両

寝転んで薔薇で股間を隠される棘が刺さって少し血が出た

穴を撮るシャッター音が脳味噌を白く染めおり　切り刻んでる

最奥を撮ると言われた週末はぬるい湿気がパンツを濡らす

一瞬の光が掴む残像が知らない人の股間を撫でる

透明の体液纏う永遠に触れてはくれぬ喰ってはくれぬ

冷えてゆくプールサイドで「丸ノ内サディスティック」を聴く昼休み

いつまでも白いまんまのワイシャツに誰も求めぬ乳首が透ける

目をとじてタイトル未定の高尚な愛にまみれた映画見ており

脳みそを洗って茹でて食べてみたお酒と嫌な女の味だ

日曜のエッグベネディクトみたいな体を洗い汚穢を啜る

欲望で人でなくなる夜が来る手を繋がれて首輪をつける

肉の森太った人間吊るされて鞭で叩かれ可愛いリズム

休憩の人魚は歩きシャワー室　煙草吸いつつテキーラを飲む

鞭を売る少女のような老婆から高額で買う伝説の鞭

にこやかな花のマークを描いたら鞭を畳んで渡す伝票

木漏れ日を吸った欠伸であっさりと曇ってしまうお前のグラス

ドンペリが口内炎を刺激する広がる泡は今を知らせた

放置されぴくぴくしてる肉塊が縄をほどかれ始発で帰る

腹奥のひ弱な音が知りたがるいつかの天気いつかの残滓

番号でポツリ呼ばれる白日の漏れる光に似ている名前

銀杏と吸い殻を踏み歩こうか神などいない新宿通り

休日は普通の人に変装し山手線にゆられておりぬ

朝が来て僕の日が暮れ眠る時遮光できない記憶が廻る

繊細に軋み続ける木の廊下　遺影のような宣材写真

ファミレスの赤いステーキを食うようにつつかれている外は快晴

III 金魚すくい

もう少しあともう少し「ママ見てよ」小指の爪がやっと剥がれる

ばあちゃんが深夜ちゃぽんと湯に浸かる灯りを消して気配殺して

「フィクションとノンフィクションがおもてなし」酷く痩せてる画面のホスト

三毛猫を抱えたママの肩を揉みドンペリニヨンを注ぐ青年

背の高い向日葵みたいな青年はある日突然ママを殴った

泣きながら笑ったママは軽々と荷物まとめてどこかへ消える

ばあちゃんの味噌おにぎりを食べる日々しんなり伸びた黒い髪の毛

さようなら大人になれず乗り込んだ海辺を知らぬ最終列車

駅中のコンビニで買う半額のクリームパンが震えていたり

新宿は僕の体を欲しがって気付けば人に跨っている

来路花が路上で呑んで向日葵は時折暴れ黒花眠る

無作為に乳首を啜る人間は赤子のような体勢で泣く

肉塊に揉まれのまれて本名を忘れてしまう忘れてしまえ

歌舞伎町さくら通りを歩いてるガーベラみたいな髪色の人

日が変わり人に囲まれだらだらと呪われながら祝われている

隙間なき会話をこじあけて僕はとどろとどろと名刺を切った

重力に逆らって飲むシャンパーニュ名前教えて住所教えて

行儀良く光るネオンを見つめおり知らぬ女に触られながら
沸騰した息を舌で弾いたら君は黙って赤く染まった

まっさらな吹き出し埋める鉛筆をなくしてしまう　酸素が薄い

菅田将暉ほどの重さで朝方の湿った肌に記憶を残す

酒臭い互いの傷を舐めおれば死んだ色した目玉うつくし

さりさりと指を擦れば寄ってくる金魚みたいにあいつみたいに

午前五時煙草を咥えベランダへ隣の家の朝食は鯖

くるくると踊る小蝿にあの人の名前をつけた七月七日

君らしくない言い訳で潤った黒い瞳に宿らない愛

針金に紙を挟んだだけなのに水面を揺らし逃げる金づる

紺碧の金魚鉢に映る夏　あっちの川は冷たいですか？

さようならだあれもいないワンルーム　カチャンと閉まる　阿呆らしいほど

午前九時明治通りを遡上する一人を照らす信号の赤

母の日の花瓶と言えぬ空き瓶に痩せて色づく赤い紫陽花

傘立てに溜まるしずくは垢となりやがて乾いてまた雨を待つ

かき氷　水になりゆく現実を誤魔化している多色シロップ

Ⅳ

明日はきっと聖人と寝る

靴紐を結ばず歩く僕を見て君が転んだ靖國神社

茉莉花が咲き乱れたる新宿で白い向日葵見つけておりぬ

愛してる、言葉は歩き腐敗して甘みを増して唇に落つ

相剋の記憶が甘く溶け出せば一人ぼっちを知らす生壁

定まらぬ関係ならばさんずいの右の余白は何で繕う

太陽が月に渡した明るさで君が落とした気持ち見つける

錯乱の夕べは夢の出入り口若い女は傘をささない

壊されるアンソーシャルなディスタンス汗と化粧と混じるアラミス

金色の奈落のような二の腕に唾液を垂らし猫になりたい

ひとしずくまたひとしずくおろそかな記憶を溶かす安い焼酎

君が去り風すさまじく更くる夜に痴れ者が吸う短い煙草

鈴虫が八分音符を鳴らし合いカノンの楽譜逆さまに弾く

口に出す不安は羽の飾り物、言いたいことは言えないものよ

銀色のトラディショナルな指先でスクロールするさっきの名前

湯葉のような恋をしていた週末に牛乳臭いあなたに出逢う

内臓にシュークリームを詰め込んで満員電車の真ん中におり

前髪をMの形に整えて逃げ場所のない鏡に映る
透明に見えたとしたら都合良く逸る気持ちを隠せた証拠

日が昇り濡れたレンズを外しおり見えなくていいこっちにおいで

朝が来る今日は私の日なんだね白いドレスは優しく剥いて

渇きゆく広大無辺の舌苔をひやり劈く霞んだ酸味

勇敢に返事をしてる深夜四時あなたはやっと放尿をする

乏月の白子のような肉体をそっと支える誰かのベッド

水蛸の滑りのように囁いて渇きを知らぬ狭い口内

夕立に弛んだ腹を満たしたら大殺界を東へ泳ぐ

菊の葉を浸し続けた出し汁を一口すする青い唇

束の間に心変わりができるなら明日はきっと聖人と寝る

開花して未来へ向かうあの人と桜を知らぬ蝉の抜け殻

言い訳で隔てた空を二分してやっぱり今日は永遠じゃない

おはようとおやすみならばいえるからしまっておくねいいたいことは

V 藻塩くらいの愛

魚らは夢の覚めぎわだらだらと体並べる豊洲市場に

行先を知らぬ鰯が氷水を一番乗りで赤く染めゆく

歌舞伎町さくら通りへ転がった紫雲丹が黒ずんでいる

息の根をとめる順番決めながら8ビートで包丁を研ぐ

ときしらず冷たいままの源氏名で来世を語る梅雨の幕間

かさついたコハダの薄いくちびるをカルキしたたる水に浸しぬ

胸元の青い卵を守りつつ眠ってしまうベトナムの海老

ぱきぱきとくれないの下着脱がせたら優しくつまむ孵化せぬ飾り

東京の夜に疲れた車海老　中国産の竹串で刺す

黄昏の摂氏百度のお湯のなかびくんと跳ねる車輪の模様

「踊ろうよ」イカの手をとり足をもぎ交接腕が一本残る

荒磯の湿り残れる褐色のベッドを睨む半身の平目

この赤は君の血ですか？　そうですか君じゃないなら僕の血ですね

おろしたての淡路の頭に塩を塗るサザン流れる冷えた板場で

千葉産の鯵の小骨を取り終えて僕はすね毛を一本抜いた

日曜は利尻昆布に包まれて休む真鯛をゆっくり起こす

てのひらの上でぬくめる　ねっとりとこわばっている薄いからだを

酢を浴びて凛としている縞鯵は黒いドレスで簀巻きにします

きらきらの白エビ重ね少量の藻塩くらいで充分な愛

明け方の新宿駅で桃色の傘をひらけば誰かが入る

もうとうに味をなくしたガムを捨てじんわり炙る宮城の帆立

水風呂に粗塩を入れ浸かりつつ明日のメニューを考えている

どうしても取れない爪の青黒い垢を気にして歩く吉原

イソジンじゃゆすぎ切れない喉奥の磯の臭いをテキーラで消す

蛸のごと浴槽から出る生足を舐めてみたいが吸盤が無い

稚魚われは少女に鞭で叩かれて鱗もたざる皮膚が破ける

雲丹のごと黒い乳輪舐めおれば雲丹高騰の連絡が来る

この窓に光が射さぬ一日が終わってしまう　終わってしまえ

昨日より誰かが見つけやすいよう飛魚色のスーツを羽織る

ゆうだちに傘をたたんで空を見る何してんだろ、睫毛がうざい

――あとがき――

月一のホスト歌会で酒臭いぼやけた夜を歌う口先

俵万智野口あや子に小佐野彈冷たい過去に魔法をかける

「楽しんで」黒い思考を溶かしゆくあなたがくれた多色シロップ

さりげなく火照ったゲラをチェックする Smappa!Group 新宿の父

新潮の風が吹いたら飛んでゆけ過去も未来も僕もあいつも

編集部が笑っていれば安堵する紙に滲んだ痩せた歌達

富崎が疾走したる神楽坂、溢れぬように言葉抱えて

日が暮れて新潮社クラブで探す三島由紀夫のでかい二の腕

そうだねといえばそうねと繰り返す君の隣で僕は息する

最後にね言っておきたい君達に　月は綺麗で死んでもいいわ

SHUN

1987年生。東京都足立区出身。下町のホストクラブで修業を積み、18歳で歌舞伎町へやってきた。Smappa!Group本店代表などを務め、現在は寿司屋「へいらっしゃい」大将。2022年度角川短歌賞最終候補。俵万智、野口あや子、小佐野彈の元で短歌を学び続けている。月1回開催される「ホスト歌会」が生きがいである。

P125写真 ©新潮社（撮影：曽根香住）
他、本文内写真 ©SHUN

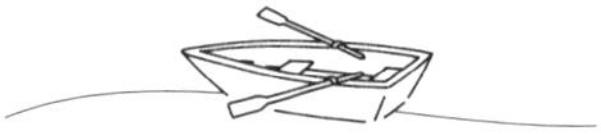

初出『新潮』2024年10月号（「安いボート」）
他、幻冬舎+（web）、http://twitter.com/hey_rasshai_（X）
等から一部改稿。他、書き下ろし。

歌集《かしゅう》　月《つき》は綺麗《きれい》で死《し》んでもいいわ

著　者　SHUN《しゅん》

発　行　2024年10月15日

発行者　佐藤隆信
発行所　株式会社新潮社
〒162-8711 東京都新宿区矢来町71
電話　編集部 03-3266-5611
　　　読者係 03-3266-5111
https://www.shinchosha.co.jp
装　幀　新潮社装幀室
組版・デザイン　有限会社マーリンクレイン
印刷所　錦明印刷株式会社
製本所　加藤製本株式会社

乱丁・落丁本は、ご面倒ですが小社読者係宛お送り下さい。
送料小社負担にてお取替えいたします。
価格はカバーに表示してあります。

©SHUN 2024, Printed in Japan
ISBN978-4-10-355871-2 C0092